KB122256

수렁에서 구하는 외침

초록이 있어 빨강이 예쁘다

추천의 글

변호사 **홍종갑**

법무법인 '사명' 대표변호사
바른복음생명교회 담임교역자

우리는 혼자 살 수 없다. 그래서 함께 할 누군가가 필요하다. 우리에게 주어진 가장 큰 축복은 무엇일까? 어두운 터널에서도 혼자가 아님을 느낄 때 빛의 능력은 생명이고 찬양이다.

우리의 뇌는 너무도 연약하다. 그리고 세상의 악한 자는 자신의 욕심을 위해 타인을 자기의 도구로 삼으려 한다. 그리고 세뇌라는 단어에 접근한다. 세뇌는 무엇이 각인되고 무엇을 학습됨에 따라 참과 거짓을 구별하기가 어렵다는 것이다.

그리하여 잘못된 가르침에 학습되고 자신의 처지를 망각하고 소중한 것을 탕진하는 자를 바라보는 자의 고통은 좌절을 넘어 죽음과도 같다. 이런 상황에서 우리는 번뇌와 시름에 시달리다가 마음을 다스리며 기도하지만 글로 표현함은 어려운 선택이고 출간한다는 것이야말로 성령의 불꽃이 타오르는 큰 용기다.

박희재시인의 시는 다양한 장소에서 사람들을 만나면서 그 절규하는 마음을 강하지만 따뜻하게 표현했다. 현장에서 본 허구와 허상을 드러내고 거짓에 저항하며 작은 영혼 한 명이라도 위로받길 원하는 간절함이 절실하다.

　우리는 사역 현장에서 여러 사람을 만난다. 진정 그들이 원하는 바람은 진리다. 단지 참된 진리를 모를 뿐이다. 지배당한 뇌는 나약하다. 공포에 노출되어 알려고도 않는다. 그래서 우리는 어떤 처지가 되든 진리이신 그리스도를 선포하고 가르쳐야 한다.

　박희재시인의 시는 결코 쉬운 일이 아닌 그리스도의 진리를 외침이고 선포이고 가르침이고 치유이다. 이런 각고의 노력을 기울인 영혼을 불태우는 시상을 모은 시는 터널에서의 찬란한 빛처럼 발한다. 그리스도의 영원한 생명의 능력이다.

　앞으로 더 많은 시 작품을 통한 외침으로 수렁에 생명력을 불어넣는 사역이 더 큰 미래에 결실 맺는 사명 감당으로 이어지길 참 하나님이시며 창조주이신 예수님의 이름으로 기도하고 「초록이 있어 빨강이 예쁘다」를 읽어보길 추천하며 기립박수로 응원한다.

추천의 글

원장 김동주
호서대학교연합신학대학원장

수렁에서 구하는 외침 「초록이 있어 빨강이 예쁘다」 박희재시인의 아름다운 시어를 만인이 나누게 되어 진심으로 큰 기쁨입니다.

이 시들은 믿음의 고백입니다. 읽는 모든 분들이 하나님을 신뢰하게 될 것입니다.

이 시들은 소망의 노래입니다. 부르는 많은 이들이 하늘 양식을 누리게 될 것입니다.

이 시들은 생명의 언어입니다. 보는 이마다 신성한 진리를 고백할 것입니다.

하나님께서 이 시집을 들판의 푸른 꽃처럼 확산되게 해주시길 기도하며 시인 박목사님께서 더 자주 아름다운 문학을 내시리라 기대하며 이 시집을 모두에게 확신있게 추천합니다

추천의 글

목사 **권남궤**

부산이음교회담임목사
이음이단상담소장

하나님의 창조 아래 인간은 범죄하였고 그 범죄는 인간를 지배하고 있습니다. 그로 인해 인간은 죄인으로서 살 수밖에 없습니다. 하지만 그리스도께서 우리 죄를 씻음으로 우리에게 주신 평안과 소망으로 삽니다. 그러나 죄의 노예로 사는 자들을 수렁에서 구하기 위한 외침은 인고의 시간을 살아가게 합니다.

박희재시인의 외침은 말로 표현할 수 없는 아픔과 고통의 시간을 인내와 감사로 또 믿음의 관점으로 해석하여 삶을 정금처럼 빚어냈고 끓어오르는 분노를 애틋하고 따뜻한 사랑으로 익혔습니다.

작가는 「초록이 있어 빨강이 예쁘다」의 시집을 쓰면서 버릴 수 없는 의미있는 삶의 시간을 이 한 권의 시집에 다 담을 수는 없겠지만 읽는 독자들에게 큰 울림과 공감과 위로의 시간이 되리라 확신하며 기쁜 마음으로 시집을 읽고 또 권하셔서 위로받길 추천합니다

차례

제 2 부

귀가 먹먹하더라도

제 4 부

말문이 막히더라도

저자의 글

이 시집은 진리를 찾다가 유혹당하고 현혹된 가족들을 찾아 나선 현장에서의 긴박감과 고통의 과정을 보고 쓴 일기요 보고서다.

또한, 안팎으로 보이는 어리석은 자들의 모습을 비판하고 폭로하는 저항이며 풍자이다.

이 시집은 총알이 넘나드는 전쟁터에서 나무껍질 벗겨 핏물로 써 보내는 아버지의 편지이며 애절한 기도다. 전쟁 포로로 끌려가는 어린 자녀를 바라보며 깨어진 질화로에 숯불을 이고 밤을 지새우는 어머니의 몸부림이며 또, 피투성이 자녀를 치유하며 생명의 꽃으로 피워내는 어버이의 처절한 사랑이다.

그리고 사랑하는 가정을 망각하고 자녀를 짓밟고 외면하며 처연하게 망가져 가는 어머니를 바라보는 애달픈 사모곡이다.

우리는 살다가 작은 돌부리에 넘어지고 때로는 낭떠러지에서 떨어져 피투성이로 성령의 호흡기 한 줄에 겨우 목숨을 지탱하기도 한다.

우리는 삶의 명제에서 갈등하고 생각지도 못한 불청객은 명확하지 않은 답을 강요한다.

그리고 감당할 수 없는 일에 분노하고 현실에 부대끼며 포기할 수 없기에 앞상서서 싸우고 먼 훗날에 있을 일들의 미래에 소망을 갖는다.

　포효처럼 울부짖는 현장에서 우리의 고통을 어떤 단어로 표현할 수 없는 한계에 아쉽지만 어떡하라고 부르짖는 쓰러짐이 하늘 푸르기에 슬피 울며 소망을 갖고 허우적거리다가도 초록이 있어 빨강이 예쁘다며 주 예수께서 일하심을 신앙고백하고 주님의 온기로 위로되어 노래한다.

　마지막으로 엘리야처럼 부르짖고 다윗처럼 앞장서며 예레미야처럼 눈물의 기도로 동참하시는 분들께 하나님의 영광이 넘치길 기도한다. 그리고 묻혀 있던 글이 부활의 새봄에 세상으로 나오게 됨을 감사한다.

2024. 4 박희재

제 1 부

탄식만 하지 말고

패망

자유를 갈망하는 어린 새가
어미 옆이 싫다 외면하고
아비가 보는 앞에서
여린 날갯짓으로 벽을 치고 넘는다
그냥저냥 그렇게 살 수 없다고

진리로 살자던 어미 새가
헐벗은 몸으로 굳은 혀를 삼키며
날아가는 어린 새를 따라
패망상으로 겨우 벽을 넘는다
그렁그렁 피눈물을 뿌려가며

전쟁도 아니었답니다
평화도 아니었답니다
가고픈 길 아닌 가야 할 길 가며
그냥 평범하게 살자 했답니다
그럭저럭 그런 것이 소망이라고

가짜

당신에게 가르치는 사람 가짜예요!
자칭 주권자가 일백 명이 넘는다던데

우리 하나님은 진짜거든요!

사람이 하나님 될 수 없지요
속는 거예요, 자세히 알아봤어요?

묵시록 보셔요, 배워보시겠어요!

가짜는 이때다 저때다 하며
따라쟁이로 하는 거예요

지금 다 이루어지고 있잖아요!

가짜는 가짜를 모르지요

당당했던 소녀는 무리 속으로 사라진다

검은 비

검은 비가 내린다
아픔을 꾸짖는 몸뚱어리는
아름다운 망대요 고귀한 성이거늘
창백한 민낯은 눈물로 시름하고
세찬 바람에 몸부림 일며
흐트러진 머리카락은 젖고

한번은 가야 할 운명인데
어떡하라고 무얼 어쩌라고
억울하다고만 하다가도
치료의 시작은 어디서부터
반문들은 허공을 맴돌다가

발등에 꽂힌 비수悲愁의 탑은
검은 눈물로 꺼이꺼이

탄식

A는 B이다

준비되지 않은 상태에서
갑자기 들려온 통보
남은 삶을 어찌하라고
이리도 야속한지
절망과 추락이 엇갈리며
눈가에 엉겨 붙어
앞을 막더란다

A는 B가 아니다

칭찬만 자자했었으니
무언가 잘못된 모함이라며
불의로 우거진 치욕의 숲에서
숨바꼭질이길
어수선한 꿈이길
눈을 비비며 털어 본다

현실을 망각하고픈
죄인 같은 수치스러움을
주머니에 욱여넣은 채

미처 살펴볼 수 없던
홀로 감당하는 번뇌를
몰라줬던 죄책감
미련하게 살아온 자책에
두려워 떨기만 하다가

길 잃고 헤매는 실체들
어찌할까나 탄식만 했더란다

정리

잠긴 문을 따고 서랍장을 연다
반듯하게 정리된 듯 하나
음흉하게 드러나는
미주알고주알 거짓의 편린들이
숨기고 감추고 덮는다

숨겼던 하루는 내가 되고
나의 하루는 또 감춰질 하루
버리지 못한 잔재가 독이 되어
비참한 상처로 번식하지 않게
일상을 살피고 또 살피며
아름답다 못해 슬픈
잔상으로만 가득하다

괜찮을 거야, 질서를 잡자
가다듬은 마음 빛바램으로
구석구석 쌓인 먼지 털어내며
조물주의 옷자락을 잡고
깨끗함을 가지려 허위허위

청소

틈새에 낀 한 권의 책
무심코 페이지를 넘긴다
전문 서적들에 담긴
무수한 말들이 있건만
부실하기 그지없다

가르침은
노력의 먼지가 되어
책갈피에 숨고
부질없는 후회를 털어낸다

흩어지는 사연들
바이러스처럼 번져
추억도 아쉬움도
닦아 보려 하지만
사이사이 끼인 오염들이
기쁨도 슬픔으로 짙게
상처로 남는다

곰팡이

그을린 부엌 앞에
웅크리고 앉는다

오랫동안 외면해 버린
굳은 곰팡이는
손 닿지 않는 곳에서
검은 죽음처럼 할퀴며
시커메진 터 위에 번져가고 있다

슬퍼하거나 성내지 말고
긴 시간을 참고 견뎌 보자

고달프게 싸워야 할 병마
생명을 지키려다 쓰러져도
오염된 오장육부를 도려낸다

그럴지언정 조물주에게 기대어
추한 오물 쓸어버리려 쓱쓱

흔적

절망의 시렁에서
슬픔의 먼지를 쓴 채
상실의 궤짝에 담겨
나오지 못하는 더딘 시간들

흠집 난 옷깃 설움은
두려운 비탄의 통곡
치유의 손길조차 묵인된
어지럽힌 흔적들 속에

임을 기다리는 광야에서
잃어버림이 아닌
소중한 간직이라고
마음의 때 씻어주시니
반짝이며 빛나는 보석들

광야

병든 몸으로
눈먼 어린양을 지고
희망을 머리에 이고
사랑의 보따리 안고

바람을 헤치며
굽은 모래 등선 따라
제사의 광야로 갔답니다

부서져 버린 모래처럼
쩍쩍 갈라지는 생각들
곪아버린 상처를 도려낼 땐
고통도 따르리라

눈을 뜰 때는
가린 비늘도 떨어지고
통증도 없는 안심으로
치유의 임을 뵐 수 있으리라

초록이 있기에 빨강이 예쁘다

이리떼의 습격으로
목숨은 시간과의 다툼
갈수록 번뇌하고
외로움이 엄습하니

세찬 모래 눈보라에
나약함을 알아차려도
치료의 안위 부여잡고

회복의 광야로 갔답니다

여행

시월의 경치가
탄성을 지르며 자태를 뽐낼 때

개켜진 수건 옆에 널브러진 물건들
여행이라고 준비하며 기대하고
기분에 치우치지 않으려
깍지 낀 손을 모으고
가야한다고 다짐하니
눈물만 나더랍니다

차디찬 겨울의 얼음 불빛
하얀 눈 쌓인 지붕 비추고
떡갈나무 세차게 불어댈 때
모퉁이 길 사이로 돌아와
두 손 잡은 나뭇가지

초록이 있기에 빨강이 예쁘다

사랑의 손길은
바쁘게 움직이며
놀아줄까 춤을 출까 하니
어린 새가 꼭 다문 부리로
벽을 뚫고 숨으려 하더랍니다

눈발은 얼어붙어 바닥을 꼽고
밤새워 하얀 융단 길을 덮는
불청객은 삐거덕거리며
창틈으로 들어올 때

찬 바람 세월의 고목은
하얗게 밤을 지새우며
말라버린 빈껍데기로
가지 뻗어내며 서 있고
둥지를 떠나려는 어린 새는
다가오는 잠을 거절하며
추레한 깃털 세워
센바람 위로 여행을 하더랍니다

고백

세상살이 모르는 나는

겨우 성인이 되었다며
막 들어간 입문 길에서
자유를 부르짖기 시작했습니다

따스한 둥지를 벗어나려
상한 말로 관계를 끊고
그러기에 그렇고 그래서
추한 이유 만들어
타인이 되기로 했습니다

길거리에서 만난 사람들
꿀 바른 입술에 겉옷 벗어주고
과한 친절에 마음도 풀어주며

스스로 돌연변이가 되어
변종이 되려했습니다

28 초록이 있기에 빨강이 예쁘다

잘못된 독을 마시니
순수한 현실도 퇴색되고
어미의 지문으로 덮인
축복으로 주어진 보금자리를
전쟁터로 만들려 했습니다

피는 물보다 짙다지만
희생할 수 없는 고집
순전한 대화를 할 수 없는
가르친 대로 앵무새처럼
되풀이 말만 했습니다

부모를 부모라 하고
자녀를 자녀라 해도

내 야망이 갈 길이기에
비정하고 무책임한 말로
비수처럼 찔러댔습니다

자유

태초의 인간은
조화로운 동산에서
조건은 있으나
규제가 없으니
제한됨이 축복인 줄 몰라

높아지려고
순수성 잃고
굴곡진 삶으로
대가를 치르고도
땀으로 얻으려던 자유는
벗어나려는 탐욕인 것을

조물주께서
진정하게 원하심은
약속을 지킨 자에게
구속拘束이 아닌
자유를 주셨으니
이는 그를 바라봄이라

조작

붙들리기 전엔 꿈도 많고
하고 싶은 것도 많았거늘
모든 것을 빼앗기고
놀이에 따라
요리조리

주인님의 거칠고 힘센 손
가는 끈에 얽어매어
맡겨진 몸놀림
밝은 미소 따라
이리저리

떨어질까 매달려야 사는
모르고 버텨보려니
피할 수 없는 인생
끊어질 끈 따라
비틀비틀

거짓

거짓은
거짓의 이름을 달고
거짓으로 시작합니다

거짓의 신분으로
거짓의 미소를 짓고
거짓을 가르치지요
그러면서 자칭 진리라 하니
못 믿을 거짓말입니다

망할 나라
전쟁을 마친다는
화려한 이름으로
높아지려는 졸부의 야망

행사가 아니라 말해도
욕망의 욕심 헛된 야망에
먼 나라 약한 사람들
무엇하러 오는지

스스로 가는 파멸
망조 드는 꼬락서니입니다

누구의 평화를 말하는지
누가 보라는 행사인지
누구를 위한 잔치인지

오만과 파렴치로
부끄러움 이고 지며
살얼음판을 오고 가고
자연이 정하는 것도 아닌
거짓으로 치장하는 자
상실로 파괴하니

하늘 끝에 올린 눈물의 탄식
어찌할까나

마냥

마냥
보잘것없다며
슬프기만 하다고
미련하기만 하다고
그냥 움츠리고 있다

마냥
어리석기만 하다고
나약하기만 하다고
두렵기만 하다고
그냥 포기하고 있다

마냥
이렇게 이대로 살다가
저렇게 저대로 가려하니
아노라 너를 잡았노라
그냥 그대로 일어나라 한다

이미

임은 알고 계십니다
고통은 회복의 시작임을

임은 알고 계십니다
슬픔은 기쁨의 과정임을

임은 알고 계십니다
폐망은 승리의 길목임을

임은 알고 계십니다
이미 결과가 의로우심을

뒷길

네가
어디에 있느냐

부끄러운 몸은
갈망에 사로잡혀
어찌 갈길 몰라 하는가

피부 속으로 스며드는
핑계의 민낯 무엇을 위해
무화과나무 뒤에 숨어
쟁기질을 하는가

한마디 말도 할 수 없고
유리하는 자가 숨은 곳을
알았다는 것만으로

모레 알처럼 많은
깨진 조각이 되어

찌르는 진리가 범죄임을
그대는 아는가

진실을 피해 숨은 자
양을 잡는
칼날조차 두려워하니

굳어진 버릇 사랑으로 걷어
양의 가죽으로 옷 입히고

진리가 있는
청아한 곳으로 가고자
기도하는 마음 애잔하다

반의(叛意)

가짜는
가짜를 조심하라 하면서
가짜를 말한다

거짓말쟁이는
거짓말을 가르치면서
거짓말은 마귀 짓이라 한다

속이는 자는
속이면 안 된다면서
속은 방법으로 속인다

숭배받는 자
순종을 강조하면서
복종하는 노예로 만든다

영생불멸한다는 자
무덤으로 쓸 명당 찾아
한시바삐 다닌다

신전

겉과 속 완전히 다른 곳
신이라 불리는
온갖 잡신 모아다가
귀신 천지 만들고
참신인 척, 척척 도사라며
자기를 숭배하라 한다는데

예로부터 신전이라 함은
온갖 모형들
만들어 모아다가
신이 사는 집이라며
신의 이름을 만들고
신을 부르는 곳

어느 촌 어느 곳에
죽을 몸뚱어리 숭배하라고
신당 만들고
왕이 되고픈 교리 모아
종교사기 친다네요

미행

울부짖는 자들이 왔다하니
주인이 말하길
끝까지 지키라 하오

그들은
가족을 돌려 달라했소

자칭 진리 찾는 가족이
숙소에 있단 말이오

울부짖던 자 그들이
철수하고 돌아가려 한다하니

명령이 떨어졌기에
장사꾼처럼
물건 사는 자처럼
나무 뒤로 건물 뒤로
숨고 가리고 위장하며
멀리서 가까이서 따라갔소

초록이 있기에 빨강이 예쁘다

이유

외투도 못 벗고
쪽잠으로 잠들었지
피로에 지친 눈으로
새벽부터 나가
자정이 넘도록 피리를 부니
우등생 중에 우등이리라 믿겠지

높디높은 벼슬 빌미로
명예도 싫다며
한 가지 꿈만 꾸고
욕망을 가르치니
쉴 틈도 없는 노역을 했었지

실명된 자에겐
이유 있는 외출이지만
이젠 아닌 것 알았기에
이래야 하나 저래야 하나
헐떡거리다가 헐떡이다가
산으로 올라 하늘을 봤지

제 2 부

귀가 먹먹하더라도

설핏하다

꽃이 진다
눈을 감는다
눈물이 흐른다
말을 하려고 해도
말문이 막힌다

바람이 분다
계곡물이 흐른다
종소리가 울린다
소리를 들으려 해도
귀가 먹먹하다

새벽빛이 난다
새싹이 돋는다
강아지가 달린다
보려 해도 가지려 해도
내 마음 설핏하다

잃은 것 되찾아

성난 술수에 물려가는
가녀린 어린양을 바라보며
어찌할 줄 몰라
그렇게도 아파했고
이렇게도 울부짖었습니다

모래알 삼키는 패망으로
타버린 잿더미가 부러워
쭈그러진 빈 자루처럼 주저앉아
부지깽이로 바닥만 쳤습니다

성난 꼬임에 찢기는
처참한 어린양 바라보며
울부짖어도 우는 것이 아니었고
아파도 아파할 수 없었습니다

매섭게 이를 닦고
끈적이는 눈물 닦지 않은 채

심장 찢겨지는 괴성으로
눈물의 향기 제단에 피어가며
파이고 파인 웅덩이가 되어
검은 흙이 되기까지
앉아만 있을 수 없었습니다

지옥의 불을 끄기 위해선
그 불보다 더 뜨거운
임의 불이 되어야 했습니다

가면을 벗기고
더럽혀진 흔적 태우며
독은 어미가 삼킬지언정
독을 빼야 하는 것

고귀한 생명 잃었다 되찾은
낮은 자의 영광 누리기 위해
비틀거리며 일어서야 했습니다

그러면서

소중한 것을 안다는 자
오랫동안 소식 없다가
자리로 찾아와서는
친구들과 깔깔거리더니

그러면서
제 길만이 길이라고 말하더이다

진리를 찾는다고 떠난 자가
강하고 담대한 모습으로
상한 길이 참되다고
가르침이 맞다고

그러면서
울분을 참지 못하더이다

사랑아, 내 사랑아
공의로 상속받을 존귀한 자
굽은 인생 곧게 가자 하니
자신이 가는 길로 가야한다고

그러면서
처절하게 뼈를 무너트리더이다

주저앉은 쇠잔한 뼈
애처로운 생명 바라보며
서야 할 땅 알지 못해서라고
눈물로 서러움을 고하며

그러면서
흙이 되어버린 날개만 퍼덕이더이다

안개 속에서 너를 찾는다

안겨있다 사라지는
울타리 안의 어린 사슴

잡힐 듯한 손끝에서
목자를 밀어내고 비참하게
이리의 먹이로 끌려갔다면

목자는
엉겨 붙은 머리 위에
서릿발이 뒤덮고
얼어붙은 심장이
붉은 선혈을 들어낸 채
죽을힘을 다해 뛸 것입니다

제 살 뜯기는 것도 모르고
죽어가는 어린 사슴이

사자의 먹이가 되어
이미 둔해진 고통으로
똬리를 틀고 있다면

하얗게 질린 목자는
회색빛 안개 짙다 해도
갈가리 찢긴 발일지라도
흐르는 눈물 닦으며

길 잃은 어린 사슴 찾아
일어나 갈 것입니다

선한 곳으로부터 탈출

양을 찾는
목자 마음이라야
험한 산도
넘을 수 있다지요

불을 끄려거든
그 불 보다
더 뜨거운
꺼지지 않는 불이 되어야
끌 수 있다지요

악행을 일삼는
추함이 가득한 곳으로
부르심의 요동은
큰 사랑의 힘으로 가야 하리니

선한 곳으로부터 탈출
축복이지 아닐 수 없지요

네가 어디에 있느냐

벌거벗은 사람이
무화과나무 뒤에 숨어
자기의 방법에 두려워 떨 듯
햇살이 가고 그늘이 지면
내 방식이 나를 지배합니다

어느 자리에 따라
나의 모습은 나의 꼬임에
화장과 치장의 잎사귀로 가리고
남을 의식하여 꾸며보지만
무화과나무 잎을 찾습니다

더 이상의 무화과나무 잎이 없고
처참한 영혼이 다시 필 때
벌거벗긴 나는 어디 있을 것인가
통곡만 하는 자리가 아닌
꾸밈을 버린 자리
그분 그 곁에서
그분으로 반짝이렵니다

어머니의 사연

북악산 푸른 기와집이
남색 옅은 빛으로 봄을
맞이하는 날

사랑채에 모인 사연들이
각기 다른 의견을 쓰고
자신의 소리를 낸다

온몸에 띠를 띠고
소리를 지르는 사람들 속에
어느 어머니의 선명한 글씨
찾는다하고 돌려 보내란다

푯말의 절구 간단하여
우연히 던진 질문에
사연은 길고도 길다

그의 열정은 오르는데
눈물은 쏟아 내리고 있다

파-1

탄식보다
더한 고통
녹아내리니
그 이름도 파

파이고 파인
텅 빈 곤고함
짙은 향기 매섭게
끈적이는 눈물 번져도
바람은 자고

파멸의 아픔
파랗게 질려
파란 하늘 바라보며
하얀 머리 들어
눈물의 기도로
흙이 되어가는
어머니

파-2

어미의 심장 파고 파
끈적이는 하얀 미음
지독한 냄새 입가에 묻혀
어머니 울지 마세요
당신의 기도 소리 모른답니다

깊은 시름 텅 비어도
세상 진리 어디 있나요
죽음의 강가라 말하지 말고
나를 놓아 주세요

멸망의 계곡이라 하지 마오
나는 가야하오

홀몸 되어 힘겨운 이별이라도
참아 보시면 어떠하시렵니까

세월이 가고 멀지 않아
추하지 않게 세상 이름 내리니
허름한 육체의 기력 일지라도

늙으신 몸
하얀 머리 넘기시고
텅 빈 목 하얀 미소로 피어
그 자리 지켜주세요

어머니 나는 가야 하오
내가 파 놓은 구덩이
그곳으로 떠나가야 하오

나는 가오
허기진 배를 채우러

마지막 말

칠흑 같은 야음
도움의 손길 절실하지만
더듬고 또 더듬어 보아도
엉겨 붙는 진흙이
심장부로 옥죄여 오니

회개의 눈물은
바람을 타고 하늘의 별이 된다

별빛조차 사라진 밤
허우적거리다 바라본들
생명만 잃어갈 뿐이니

힘은 고갈되고
목까지 차오른 공포 속에
쓸쓸히 피다지는
검은 꽃이 되려나 보다

평안을 물으시며
지고지순한 고통의 은총
십자가 지고 가는 내 임이여
홀로 핀 순결의 꽃이여

부르다 부르다 지쳐
마지막으로 부르며
할 수 있는 말

임아,
내가 여기에 있나이다

누더기 대구大口

거짓말하는 자 거짓의 종인데
어찌 영생불사한다는 자는
스스로 거짓을 말하고

종교도 머물지 못한 곳에서
거칠게 내뱉는 욕설로
스스로 진리라 말하며

죽음을 부르는 진리 없는 말로
거짓의 꼬리를 드러내며
스스로 하나님이라 말하니

가라지로 불에 던져져 타오를
후회의 소리 통곡의 소리
스스로 애통하다 할 일

불의를 가르치는 자여
누더기 벗고 회개하라 돌아오라
스스로 계신 아버지께로

이제는 알아

슬픔이
기도인 줄 모르니
아픔이요
탄식뿐이더라

고통이
연단인 줄 모르니
배반이요
원망뿐이더라

이제는 알아
믿음은 바라보는 것
함께 나갈 때
보이는 임의 음성

감추다

속고도
속는 줄 모르고

속이고도
속이는 줄 모르니

노예로 살면서도
노예인 줄 모른다
하더이다

자칭 진리라 하고
자칭 평화의 성이라 해도

죄의 소굴로
머리카락 숨겨도

가리는 것이
가리는 것 아니련만

투명 유리로 둘러싸여
보이고 보이는데
감추고 싶은 것
무엇인가

꼭 다문 입술은
비밀이라 말하지 않는다하나
너무 추하여 비밀이런가

얼룩진 냄새로
또 다른 거짓말이
새로운 가르침 형식이니

입술에 들어간 무게만큼
거짓은 진리가 아니라고
말하고 있다는걸

그대는 아는가

꼭두각시

어머니는
그곳은 진리가 아니다 하니
조작하는 자는
자칭 자기가 진리라며
집으로 돌아가 감시하라 한다

나는 꼭두각시
시키는 대로 집으로 들어가
쪽마루에 걸터앉아
그을린 어미의 부엌을 훔쳐본다

부지깽이처럼 초라한 어미는
아궁이에 활활 타는 불을
왜 지피고 계시는 걸까
찬장 속 그릇들은
왜 엎어놓은 것일까

힐끔힐끔 곁눈질하며
찬장 속 슬며시 들여다보니
어머니의 찬거리 중에
붉은 고깃덩어리가 있다

조작자가 가져오라 지시하니
유익을 위해 속이는 것이다
깨닫지 못하는 자는 배반하라

나는 꼭두각시
의심스런 고깃덩어리
조작자에게 가져다주고
집으로 돌아오니
어머니 하시는 말씀
"생일 축하한다. 태어나줘서 고마워 "

어쩌지 내 생일 쇠고기미역국,,,.

속인다고

거래,

속임수로 다가가
미끼 던지고
음흉한 소가지 들킬까
주머니 속에 욱여넣고는
저녁 종소리에
가식의 기도를 하지마라

모략,

무대 위의 배우
역할이 끝나고
내려올 때
환호가 없다면 죽음이니
생명 없는 비웃음이
가슴을 치더라도 울지 마라

거짓,

거짓을 말하는 네가
거짓에 속아 사는 세월
속고 속이며 부귀영화라니
흐르는 삶에 무색하게
병든 몸 되어 통곡하지 마라

더럽힐까 하니
흐르는 강물에
썩어가는 검은 얼굴
비추지 마라

속인다고 삶을
늘려 살 수 있겠는가

아닌데요

영생불사한다는 그도
곧 죽을 사람이에요

안 죽거든요?!

왜, 안 죽는다고 생각해?

,,,,

눈치 보지 말고 말해도 돼

말 걸지 마세요!

왜?

아니예요,

학교 다녀? 아님 직장 다녀?

,,,,

종교전쟁

저길 보시오
저들이 종교전쟁을 치르고 있소

종교전쟁이 뭐요?

가족들 찾는 것이 종교전쟁이라 하오

저들이 원하는 요구는 무엇인가요?

가족을 돌려보내라는 것이지요

저기는 무엇을 하는 곳이요?

겉모습은 하얗게 하고
인간을 절대자로 신앙한다하오

그게 종교전쟁이오?

다스린다는 자가 그리 가르친다 하오

휴직 중에

바쁘게 쉴 틈 없이 살다가
쉬고 보니 느긋함도 잠시
꽃을 심고 인형도 만들고
새롭게 만나는 사물 보니
세상이 아름답기만 하더라

하고 싶은 것 많으니
허기진 만남을 찾아
숨은 솜씨 보고 감탄하고
교양으로 칭찬하던 또래가
추천하는 감각 최고더라

이것저것 하는 것보다
인문학도 도전하라 함에
선한 사람 악한 사람 알고
이곳저곳 장소를 옮겨가니
아차차, 아낙의 검은 미소
불투명한 행위더라

그곳

검은 도시가
눈부신 꽃으로 장식했다

꽃잎이 휘날린다
청춘들이 꽃보다 아름답다

떨어지는 하얀 잎 사이로
삶의 끝자락들이 가면을 쓰고 간다

청춘들이 웃는다
상한 이빨로 붉은 꽃잎을 물었다

제 3 부

쓰러질 것 같더라도

• • • • • • •

자녀는 아플 때 돌아온다

어리석던 내가
둥지 떠나 새 삶 산다 한들
육체 시들어도 긴 세월 살까나
기다리는 아비의 견디는 눈물
시퍼런 멍 어찌 알았겠는가

상처투성이가 되어도
소설처럼 구름 위를 난다며
나는 지치지도 않았는데
병고의 어미 그 기력이
하루하루 다르게 쇠약해졌으니

아버지 품을 떠난 나는
자만의 늪에 빠져
뼈 깎이는 줄도 몰랐는데
아버지의 기다림은
말을 잇지 못하고 하시던 말
자녀는 아플 때 돌아온다

쓰러진 꽃도

빗줄기 밤새 바닥을 치고
천둥 번개 하늘을 찢습니다

꺼이꺼이 울며 흐르던 계곡물은
골 파진 상처만 남겼습니다

쓰러져 넘어진 풀 이파리들
엉클어진 머리로 곤두박질치니
그렇게 어머니는
밤을 새우셨는가 봅니다

아침 햇살이 창문을 넘나들고
어머니는 퉁퉁 부어오른 눈을
거친 손으로 어루만지며
눈물에 젖은 베갯잇의 얼룩을 지웁니다

대청마루로 나간 어머니
낡은 고무신을 끌고
가을빛 디디며 한발 나서봅니다

쓰러진 어린 국화꽃이
향기조차 잃어가며
겨우 몸을 지탱하고 있습니다

어머니는
국화꽃을 세우려 애를 씁니다
그러다가
푸른 하늘 우러러 기도합니다

주여, 일어서게 하소서
당신의 빛으로 꽃피게 하소서

믿음

준비된 용사는

거친 산일지라도
준비하고 명을 기다리고
전쟁이 끝날 때까지
죽음도 두려워하지 않으며
성을 떠나지 않고 지킨다

나뭇가지 등에 지고
어린 자녀 앞세우며
믿음으로 들을 준비된
모리아 산의 아비처럼

약속의 조건이 어찌 되든
산을 바라봄을 발판 삼아
임의 음성이 들릴 때
응답할 준비가 되어 있는가

소록이 있기에 빈강이 예쁘나

믿음은 들을 준비하고
언제든지
자리에서 떠날 수 있는 것

너의 맡김은
숱한 거짓을 버리고
가식 없이 욕심을 거든
가을 햇살처럼
바람이 되어

그대,
떠날 준비가 되어 있는가

희망 한 조각

생명이 없는 곳으로
늙은 어미 보낼 수 없으니

쩍쩍 갈라진 쉰 소리로
잃은 생명을 찾기 위해
죽을 각오로 단식하며
일곱 번 기도하며
무릎을 꿇는다

생명이 없는 자는
썩을 것을 신격화하기 위해
노략질한 보석으로
자신의 배를 채우며

상한 어미의 심장으로
융단 깔아 밟고 가며
고통을 외면하니

더욱더 아우성치며
기도하는 깨진 상처

기도도 사치스러워
내려놓는 몸과 마음은
나무들도 몸짓 없는
바람 속에 소식 기다리며
한 포기의 풀이 되어 시든다

피에타보다 슬플지라도
소망 하나 간직하고픈데
무심코 보이는 구름 한 조각
두 발로 일어나 외친다

졸개들아 돌아오라
진리 없는 왕이여 회개하라

들꽃

빼앗겼다는 것은
아픔이요 지옥입니다
되찾는다는 것은
기쁨이요 거룩입니다

꽃봉우리로 피어나고
별처럼 반짝이던 보석은

사랑을 거부한 채
변종으로 지내고 있으니
간사스레 숨어 있는 들쥐입니다

자녀는 부모 품에 있을 때
아름답습니다
부모는 자녀와 있을 때
힘이 납니다

품을 떠난 자녀는 가련하고
둥지를 버린 어미는 초라합니다

어둠의 늪에 무릎 꿇고
죽음의 지시에 굴복하는
그 영혼 위태롭기 그지없습니다.

생명을 찾는 울분으로
고뇌의 광야를 헤치면서
빗발치는 조롱에
휘말리는 모략에
진리를 부르짖습니다

치욕의 쓴잔을 쏟고
죽을힘을 다해 섰습니다

벌거벗긴 홀몸으로 외로이
생명을 위해 제물 바치는 자

당신은 꽃처럼 향기롭습니다
당신은 꽃입니다

누군가에겐 스친 바람일 뿐
또 다른 누군가에겐
순결의 포도주를 마시지만

붉은 꽃으로 일어나
하얀 꽃으로 피어
소망으로 향기 나는

당신은 들꽃입니다

세상 법

안 보려고 해도 보이는
믿기 힘든 사건들
앞을 다투며
뒤서거니 앞서거니

육체적 학대 숨길 수 없고
과학적 근거 정확한 사인에
범인 잡는 것은 시간 차이
기자들 닮은 글꼴
여기저기 올린다

하지만
의롭지 못한 방법으로
자칭 시대의 끝을 말하며
희망을 포기하게 하는
사랑 없는 친절들
증거 있다 하였으나
세상 법은 책임이 없다 한다

그곳에 가면

그곳에 가면

욕을 하는 자가 있소
거짓말은 더욱 잘하지
그야 어찌 알아서 하겠는가

시시때때로 가르친다지

그곳에 가면

속이는 자가 있소
계략질은 더욱 잘하지
어찌 알아서 하겠는가

시근시근 숨 가쁘게 가르친다지

그곳에 가면

소록이 있기에 빌 강이 예쁘다

고소하는 자가 있소
이간질은 더욱 잘하지
어찌 알아서 하겠는가

그때그때 쉬지 않고 가르친다지

그곳에 가면

헤어지는 자가 있소
집 나감은 더욱 잘하지
그야 어찌 알아서 하겠는가

그래 그래야 복 받는다 가르친다지

같이 살자

허허벌판에 있노라니
강아지처럼 뛰놀던 아이들이
거인이 된 누이의 손에 잡혀
질린 얼굴로 끌려온다

아이에게 다가가 웃어주니
흥분한 누이의 눈치를 본다

누이는 흉하게 돌아서서
잡아챈 아이 손을 놓고
네가 여기 홀로 있는 것은
진리를 모르기 때문이라며
괴성만 지르니 아이들이 운다

낯선 무리들 뒤따르더니
셔터를 눌러 사진을 찍고
소리 지르던 누이는
종종걸음 재촉하며 떠난다

초록이 있기에 빨강이 예쁘다

나의 어여쁜 누이야,
나를 봐, 그리고 자세히 봐

아버지의 집으로 가자,
그리고 같이 살자

너의 옛 모습 그립구나
곱디곱던 누이는 없고
매정한 너의 채찍

나 홀로 목 놓아 운다

우매자

길 따라가는 인생
여기저기 희희낙락하더니
깊은 한숨 땅에 심으며
쪼갠 땔나무 쓰러지듯
주저앉아 있는 우매자

나무껍질 투박한
무디고 거친 손일지라도
애처롭게 내려앉은 등을
토닥이며 안고 싶다

내일이면 어디론가
떠나는 마지막 잎은

언제나 그러하듯
떠날 준비를 하지만
너의 모습은 힘없이 떨어진
낙엽처럼 깔려있구나

낙엽을 밟고 있는 자들
도리가 아님을 가르치면서
스스로 도취 되어 있지만

이미 떨어진 낙엽이라는
사실을 알지 못하고 있으니

어여쁜 자여
하늬바람보다 부드럽고
보석처럼 정직하게
조물주로부터 빚어졌으니

지혜를 말하고 생명을 심고
흠 없는 자를 따라가며
그래그래 살아보자

단풍

은행잎처럼
노랗게 질려
힘든 사연 전달하듯이

아프면 아프다고 말하라
심장을 드러내라

힘들다고 말하면
그 고통 더해질까
겁내지 마라

단풍잎처럼
빨간 얼굴 드러내며
열렬히 고백하듯이

사랑하면 붉어져라
열정을 드러내라
불같은 마음 들키면
그 모습 시샘할까 하여
주춤하지 마라

표현도 표정도
다 나를 위한 것
그 빛깔 다를까 하여
두려워하지 말라

그대 또한
다를 바 없으니
아파한들 서럽고
사랑한들 괴롭다

그 감정 그 느낌
탄성하라

지문

나의 자아는
곤란스런 수고로움에도
괜찮은 척 참으려 했지요

당신은 모른다고
내 고통 내 사정일 뿐
나만 알면 되는 것이라고

그래서
외면하고 포기해 버린 채
그분의 손을
잡지 않으려 했지요

하늘을 보려 하지 않았고
꾀와 씨름하며 핑계하고
헛된 시간과 싸워보고
자신만을 믿었지요

바람결 스치며
임의 손길 반응하여도
무심한 바람뿐이라고
꺼리어 피해 버렸지요

더 이상 타버릴 것이 없어
하얀 잔재는 날리고
허공을 내젓는 손끝에서
불현듯 보이는 수많은 지문

아버지의 손, 아버지의 시선은
한 시도 놓지 않으셨다는 사실
그래서 이렇게 버티고 있다는 것을
이제야 알았지요

더 큰 아픔으로 더 큰 힘으로
내 손을 잡고 계셨다는 것을

외침

치욕적으로 놀려대며
야유와 모욕을 쏟아내는
어리석은 자들이
생명이 없어 애달파
양 잃은 목자는 울고

어디로 가려는가
어리석은 자들이여
회개하라 호소하며
발바닥도 구호를 쓰고

발등 태우며 불타는 열정
무술년의 태양은 솟고
구슬땀은 대지를 식히는데
돌아오라 돌이키라
녹아내리는 뙤약볕의 외침

소명

팔 베게 위로 삼아
밤을 재우려 해도
기댈 곳 없는 공허함에
눈물로는 채워지지 않아
무심코 바라보게 되는 불빛

가다듬어야 하는 고통
새벽빛에 기대어
그곳은 어떤 곳일까
아파할까 행복할까
창백한 새벽이 시든다

거울에 비친 얼룩진 눈물
여러 방법으로 닦아 내며
소명은 다시 무릎 꿇고
허물어진 내게 비치는 빛
생명의 불로 오라
그리고 가라
그곳으로

진작

임은 산과 같더이다
혹독했던 찬바람
산자락 골진 곳으로 흘려보내고
비바람 막아주시니 말입니다
진작 몰랐습니다

임은 바다와 같더이다
눈물의 편지 강물에 띄워
목 놓아 울부짖으며 슬퍼하여도
그 사연 받아주시니 말입니다
진작 몰랐습니다

임은 등대와 같더이다
어둡고 힘든 세상의 시름들
갈길 몰라 헤매던 수렁에도
반짝이며 인도하시니 말입니다
진작 몰랐습니다

시치미떼다

너 맞지?

,,,.

그 곳에서 왔구나!?

,,,.

왜 따라오는데!?

,,,.

계속 따라 올래!?

,,,.

누가 시켰어!?

,,,.

눈동자는 좌우로 드륵드륵

시선은 반대쪽으로 뻣뻣

자노라

오소서
서둘러 오소서
모든 사연 뒤로 하시고
성급하게 달려오소서

가련하다
여자여 가련하구나
엎드려 울고 있는
가녀린 어깨가 떨고 있구나

늦었소
이미 늦었소
이 죽음을 어찌하라고
당신이 계시지 않음이라

자노라
깊이 자노라
발 앞에 엎드린 여인아
그를 어디에 두었느냐

보소서
속히 보소서
이미 썩은 냄새로
들어가 볼 수 없음이라

나오너라
무덤에서 나오너라
베로 동인 몸 풀어 다니고
비통했던 맘도 풀자구나

이곳에 당신이 계시기에
아버지의 영광 온전히 보나이다

들쥐

영생불사하겠다던
들쥐 한 마리

독 안에 갇히니 빠져나갈
쥐구멍 찾아 찍찍

쇠약한 흰머리
죽음의 그림자 꼴

궁색한 변명, 무덤 속에
살고 싶다고 찍찍

수명 다한 것 모르고
시궁창 뛰어드는 들쥐 떼

창고에서 훔친 곡물
안 먹고 살아왔다며 찍찍

누구더냐

너는 누구냐!?

군대라는 귀신

어디 다녀왔느냐?
물 반, 고기 반 어장에요

무엇을 하였더냐?
고기 낚는 모략 질

누가 보냈느냐?
무궁히 살겠다는 동물

그 동물이 누구더냐
실험실의 하얀 쥐

흩어지다

아침 햇살이 창을 뚫고
베갯잇 밑으로 속삭일 때면

따리처럼 밤새 품었던 영혼들은
조각조각 이리저리로 흩어진다

영혼의 한 조각은

새벽종 치기 시작하니
그대 사랑 알겠노라
만남을 갖고

또 한 조각

섬김의 길로 수양하며
참되어라 곧게 자라라
가르침을 주고

또 다른 한 조각

초록이 있기에 빨깅이 예쁘나

초원이 있는 강가에서
생명의 풍요를 누리며
양의 젖을 짜고

해가 진 저녁이면

지친 영혼들은
넝마처럼 해진 모습으로
저녁노을에 위로받으며
나목 되어 돌아오니

흩어졌던 영혼들 밤이 되면
불 꺼진 창가에 기댄 채
조각조각 모아모아

베갯잇 밑으로 다시
똬리를 튼다

쥐불놀이

정월 초하루면 논둑 밭둑
불 짚어 태우는 쥐불놀이

어두운 땅굴 파며
부엌을 더럽히는 쥐들은
아무리 단속해도
보이지 않는 곳으로 이동
일평생 농사지은
창고의 곡식 훔쳐 가고

뜻 메김 한 의로운 민초들
쥐잡기 나섰으니
매운 연기 피하는 왕초 쥐
쫓기듯 도망치다가
밝은 불빛에 눈도 못 뜨고
앞질러 가려다 여기저기 쿵쿵

자기 꾀에 빠진 여우처럼
걸려든 쥐 한 마리

외줄 타고 도망치다
깡통에 빠져 초 죽음

허우적대다 제삿밥 한 끼
공양미 바쳐도 애물단지 꼴 되어
뜨거운 불 피하려다
죽을 뻔했다 넋두리하니

빙빙 돌리며 불타던 풀떼기들
어지럽게 적응하며
이리 갈까 저리 갈까
꼬리 물다 여기저기 쾅쾅

정의 사회 만든다며
배 채우는 동네 영감

쥐 잡아 책임 묻겠다며 힘자랑
늙은 왕초 쥐 잡는 자리 오려면
민초들은 뛰어라 달려라
거만한 주둥아리로 숫자 세고

바글거리는 쥐 떼들
앞뒤 다퉈 뛰고 달리는데

영감탱이 권력에 분노하는
정든 땅 일구며 가꾸는 민초들
자리하나 받으려 소망하니

밀고 당기는 모략의 달음박질
뛰고 달리다가 여기저기 떼굴떼굴

초록이 있기에 빨강이 예쁘다

제 4 부

말문이 막히더라도

알 수 없어요

갈급함을
느끼지 아니한 자가
소중함을 알까요

사랑을
하지 아니한 자가
그리움을 알까요

보석을
빼앗기지 아니한 자가
분노를 알까요

전쟁을
치르지 아니한 자가
평화를 알까요

너를 떠날 때

갈 수 없는 몸이 되어
걸음이 멈출 때라도
함께 가고 싶다
거짓이 아닌 참된 길로
혼자가 아닌 동행이었다고

앞을 볼 수 없는 눈 되어
너를 못 볼 때라도
함께 보고 싶다
가식이 아닌 자연으로
어둠이 아닌 빛이었다고

사라지는 꽃잎이 되어
너를 떠날 때라도
함께 있고 싶다
열정이 아닌 사랑으로
꾸밈이 아닌 진실이었다고

그렇게 말하고 싶다

별이 빛나는 것은

아득한 밤 무수하던 별들이
풀벌레 소리 맞추어 반짝이면
깊은 숲속 동화를 꿈꾸는 아이
달빛에 소망을 심었다

어느덧, 은빛이 내려앉은 머리
어둠을 안고 나온 저녁이면
고된 일과를 보내고도
곧게 서 있는 낡은 삽처럼
초라하게 우두커니 서서
빛바랜 추억 위에 기대어 본다

별이 빛나는 것은
하늘이 어둡기 때문인 것처럼
지금껏 살아온 비애의 인생도
힘겹고 고된 삶이기에
보석되어 빛이 나려는가
굽은 허리로 별을 가르던 노인
쓸쓸히 자리를 뜬다

미련한 처녀

우연인 줄 알았으나
계획된 만남이었지

과한 친절에 몸을 맡기고
거짓 미소에 마음도 풀었지

서서히 드러나는
거짓말도 진리가 되었고
제한된 생각까지도
내 것이 아니었지

도달하여 깨달아 안다
그래서 다시 왔다 하니
감동되어 무릎 꿇었지

잠든 시대에 나타난
깨어 있는 보석이라며
소중하니 누설하지 마라
은밀히 침묵했지

자칭 진리라 하니
따라 하고 흉내 내며
순종 해야만 했었지

여기저기서 배운 교리
처음부터 끝까지 먹었다니
심장처럼 소중했지

꾸밈으로 친구를 팔았고
어긋남을 범하였어도
못난 글 내세우기 위해
염치없는 일과 쓰며
서서히 둔해지다가

미련한 처녀처럼
어둠의 노예로 쓰러지고 말았지

나오미 1

멀고 먼 이국에서
남편과 두 아들을 잃은
오갈 곳 없던 나오미
피폐한 몸 어찌 일어났을까

눈물 뿌린 기도를 하고
가슴을 찢는 회개로
말라버린 목을 세우는 처연함
그 무엇에 비교할 수 있을까

쓰러졌던 자리를 털고
본향으로 되돌아올 때
자부를 바라보는 마음
죽음이 되살아나도
어찌 죽어가며 돌아왔을까

나오미 2

죽음만이 살길이기에
매일 죽음으로 견뎌왔을
타국의 세월 이방인의 삶
흘린 눈물이 강을 이루며
어떤 죽임을 당했을까

잃어버린 자의 비애여
떠나보내는 자의 아픔이여
수군거리는 자들의 눈치
모진 설움에 연약한 친구여
어찌 슬픔을 참았는가

죽음의 고비를 넘어
모두 버려두고 돌아오는 맡김
몸도 마음도 받아줄 이 없이
기다려 주시는 약속의 땅에

며느리 내어주고 이루어 내는
축복의 여인 나오미여

철없는 여인

그을린 마음은 분노였을까
미운 마음이 거울이 되어
더러운 곳에서 그녀를 위한
구출은 연민일까

눈물방울이 징검다리를 놓고
강 건너 그녀에게로 향해
길바닥에 홀로 섰다

어떤 이는 어리둥절하고
거친 눈빛을 가진 자들은
기러기처럼 외로운 내게
굴욕적인 욕을 하고 간다

낯익은 늙은 여우가
성큼 다가와 조롱하듯
지혜 없음이 아니라
진리에 있음이라며
붉은 얼굴 세우고

이십여 해 그을린 흔적은
행복으로 가기 위함이니
알아야 한다
깨달으라 한다

양보하라는 변종 된 유전자
훈련된 앵무새처럼

지식 없는 너는 우악스러우니
속이는 꾀에 넘어가고
어긋나는 진리로 오라

추악한 과거를 긁으며
손톱의 흔적을 보이고 있다

철없는 병실

견디던 연료는 고갈되고
통증도 감당하기 어려운데
텅 빈 병실에 낯선 체취
이빨 사이로 눈물이 흐른다

검은 우산을 들고 그녀가 왔다
널브러진 과일 속의 이십여 년
썩은 과거도 추억이랴
끈적거리는 그을음이 슬프다

도움이 필요하고
버려진 과거 기억 못해도
사랑의 말을 꾸미는 가면
고약한 냄새 그녀가 싫다

생물학적 인연까지도
인정할 수 없으면 좋을 그녀
무시하고 싶고 마주하기 싫어
과거를 덮는 눈은 고통을 견딘다

무리지어 가는 길

철든 벗이랑
철없는 짓을 하니
얼마나 달콤했을까

의리 있는 친구랑
의롭지 못한 짓을 하니
얼마나 짜릿했을까

꿈꾸는 동료랑
꿈 없는 짓을 하니
얼마나 허무했을까

노예인줄 모르고
노예 짓을 하니
얼마나 쇠약해졌을까

아버지의 기도

고집과 아집으로
길 떠나는 너의 아픔
이유도 변명도 없고
고통으로 이어지는 세월
아버지의 기다림
하늘의 별이 되어 있구나

너를 향한 아버지의 기도
사랑으로 솟아오르니
아프걸랑 회복되길 애쓰고
강인하게 진실되어라
고통스럽걸랑 기뻐하고
안전하게 육체를 보존하라
생명의 강으로 건너올 때
눈물을 배웅하고 당당하라

내가 너를 잉태하였으니
너는 나의 생명이니라
나의 아들아, 내 딸아

낳은 자

고뇌에 갇혀
길 잃은 터널
외로운 어둠을 걸으며
미어캣처럼 고개를 들고
주위를 경계警戒하고

생각이 뇌를 채우려
허공을 삼키는
너덜너덜한 꼬락서니
타다만 부지깽이
성한 곳 없이 궁상스러운데
청초한 임의 빛 나를 비추니

바람도 아름답다 창화하는
아버지를 닮은 유전자
두 발 올려놓고 춤추시는
나를 낳으신 아버지
생명 주시는 그 분이시라

말문이 막힌다

일상에 없던 만남은
어색함이 주위를 맴돌고
긴장감은 또 얼마려나

상상도 할 수 없던 소식은
뜻밖의 상황을 전개하고
신뢰하던 관계에서
상실의 고통만 주기에
바라보기 애처롭다

어떤 이는 침묵하고
어떤 이는 한숨만 쉬며
어떤 이는 고개 떨구고
어떤 이는 하늘을 본다

적막이 가라앉을수록
생각은 높아지는 걸까
마음의 상처가 깊을수록
고통은 넓게 일렁이는 걸까

글자들을 풀이하고
욕심으로 해석해서
치욕만 가득하니

조심스레 눈치만 보는 양
어색하게 말을 망설이며
아무 말도 할 수가 없다

괴로움을 덜어 주고픈
슬픔을 달래 줄 위로
마땅한 단어 필요해도
그냥 말문이 막힌다

어찌하여

비에 젖은 풀 한 포기
이름도 없이 살아가며
반겨주는 이 없는 외톨이

길모퉁이 돌아서는
커다란 해바라기 올려보며
죄인처럼 괴수처럼
숨어 사는 처절함에
어찌하여 날 낳으셨나요

검불은 키를 세우는데
검부러기 사이로 임 찾는 풀잎
간절한 소망으로 화살촉 쏘고

바람도 질세라 풀숲으로 가며
덤불숲에 새순 보이질 않으니
어찌하여 여태껏 망설이고만 있나요

햇살 먹은 새순들
조금씩 입을 벌릴 때
드러나는 붉은빛 알토란 같아
꽉 찬 모습 경이로움이 일고

대가도 없이 나를 위해
거저 주시는 선물이라 하시니

가난의 노래 풍요의 잔치
어찌하여 풀떼기 인생 높이시나요

산으로 가는 길

제단에 올릴
나뭇가지 등에 지고
하나밖에 없는 아들
앞세워 길 떠나는
바라봄으로 오르는 산에
노을은 짙고

오로지 맡길
순종을 머리에 이고
지시된 길 따라
희생될 자식 바라보며
묵묵히 걷는 길에
숲은 우거지고

당연히 이룰
약속을 믿고 행하려
명령을 지키려는 칼날
반사된 불빛으로
준비된 어린 숫양
나뭇가지에 걸려 울고

초록이 있기에 빨강이 예쁘다

가을로 오는 너

가을이다
옛 벗이라도 오려나
기울어진 햇살은 풍요롭다
가을은 쬐어 내리는 햇볕보다
가슴으로 먼저 온다

가을이다
연민의 닻 띄워보려나
하늘이 덩달아 항해한다
가을은 한들거리는 바람보다
그리움으로 먼저 온다

가을이다
열정 멈출 수 없으니
불타는 만남도 끝이 없다
가을은 붉어지는 꽃들보다
사랑으로 먼저 온다

오늘이련가

사랑아 내 사랑아
언제 어디로 오려는지
묻지 않으련다

강물이 마를 때까지
그리워 그리워하다
들판에 너를 닮은 꽃
무성하게 피어나면
너를 찾아보려나

햇살 머금은 가을빛에
너를 닮은 꽃 피었으니
새들이 집에 왔구나
꽃들도 춤을 추는구나

너를 만나는 날
오늘이련가

우물가

물도 없는 우물가에
아낙네가 물을 긷는데
깨진 물동이 쭈그려 있다

어리숙한 어미 찾아
먼 길 따라왔으나
빈 우물 파고 있는 미련함
바짝 마른 목 적시질 못하니
아버지를 괴롭히는구나

시력을 잃은 어미 품에 안고
마르지 않는 우물가로
안내하는 고달픈 비애

원수가 길을 막아도
높은 외벽 무너트리고
영원히 샘솟는 우물가로
함께 가시는 그분 계시니
자리 털고 가시게나

인연

너는
높은 나라 공주였나보다

왕자님 구애 행각에
마귀할멈이 시기하니
왕자님 푸른 융단 타고
이 땅에 피신시켰구나

너를 맞이하는 날
들국화 향기 채우고
햇살은 청아하게 빛나니
초목들 울긋불긋 찬란했지

천사도 시샘하는
진주보다 고운
너의 어여쁜 모습
너무도 닮아
거울 없이도 알았지
공주로 만난 인연이구나

향기로운 봄날
왕자님 오실 날까지

우리를 갈라놓는 꼬임에
빠지지 말자

서로 얼굴 비비며
안아주고 토닥토닥 살자

너는 너 나는 나
너는 나 나는 너

지푸라기

익숙한 걸음걸이
악을 도모하던 그에게 물으니

같이 가려오?

툭 말을 던지고 휑하니
숨기는 것이 제일인 양
거칠게 사라진다

오호라
쇠사슬에 메이러 가며
혀로 땅을 쓸고
흑암에 살며
바람에 날리는
지푸라기

제 5 부

임의 발에 맞추어 춤을 추라

• • • • • • •

강가에서

시월의 강물은
열정을 다한 붉은 잎을 담아
떠나간 임에게 긴 사연 보내고

비록 떨어진 잎 일지라도
사랑할 수밖에 없는 비련의 노래
마지막 남은 영혼 처연히
임 찾아 먼 길 흘러가니

전하는 소식도 없는 사랑아
어디서 무릎 꿇고 기도 하는가
누구에게 기대고 있으려나
떠나는 강물은 멈출 수 없는
연민으로 젖어 들게 한다

하늘이 푸르기에 슬피 운다

붉은 꽃 아름답기에
더욱 고통스런 날
하늘 푸르기에 슬피 운다

썩고 뭉그러진 상처로
내 어여쁜 자가
여기에 멈추었나이다

멈춰버린 내 사랑아
어디로 가는가
어떡하라고
언제까지 기다리다 지쳐
모진 병 걸려 누워도
포기할 수 없다는 걸 알 것이거늘

포로 된 자가 놓임 받는 것도
메임에서 풀어지는 것도
낮은 자의 영광을
위함이라 하였던가

바람아 불지 마라
흔들림이 너 때문이랴
비야 내리지 마라
눈물이 너 때문이랴

통증을 견디며 기다려야 하니
지금의 갇힘이 축복의 열림이라

손 내밀고 발 맞추시며
따스하게 느끼는 슬픈 온기에
향기로운 리듬 밟으며
희망의 춤을 추지만

높고 넓은 하늘아
바람에게 전한 답은 없고
상처로 얼룩진 내 마음
알기에 더 푸르더냐

하늘 푸르기에 슬피 운다

초록이 있어 빨강이 예쁘다

그대, 가진 것 없어도
나의 모든 것은 그대, 그대뿐이지

고백해도 마음은 연기처럼
파란 하늘 따라 저 멀리
움츠리고 앉아 바라보는 그대
속지 마요 속이지 말아요
그대 맘 알지요

나, 늘 푸를 수는 없어도
그대의 초록 융단은 나, 나뿐이지

푸르다 해도 그대 있어 푸름처럼
고운 눈동자에 흐르는 저 깊은
수척한 모습으로 앉아있는 그대
일어나요 내 손을 잡아요
그대 맘 알지요

꽃을 심을 수밖에 없어도
그대 꽃피울 자는 나, 나뿐이지
다가올 날을 위한 꿈처럼
틔우지 못한 마음 따스함 품은

초록이 있어 빨강이 예쁘다는 그대
꽃을 피워요 활짝 웃어요
그대 맘 알지요

그대 꽃봉오리 피면 될 뿐
곱게 피어라 기도는 나, 나뿐이지

초록을 먹어야만 붉어지는 식욕처럼
자라는 모습 바라보며 고통을 참는
초록으로 붉은 꽃을 맺는 기쁨
잘 견디어라 눈부시게 살아가라

그대는 나의 꽃

개똥밭에 뒹굴고

낳고 기르신
생명의 연결고리인 당신
곱디고운 모습 추억이기에
순종하며 애처로이 바라보았지요

가시는 곳 고상하지 못해도
바동거리는 슬픈 모습에
계신 곳에서 늘 안전하길
눈물이 염려를 넘어 기다렸지요

보호받던 둥지에서 쫓겨나
비바람 앞에 홀로 젖어 울며
보살피던 당신의 사랑 알기에
이해는 눈물로 건강을 빌었지요

허허벌판에서
온기를 찾으려 발버둥 치고
모래바람에 눈물 전하니
진리의 통로가 되는 광야

사실과 어긋나는 꾸밈을
비밀이라고 읊조리며
마음을 추악하게 닫아버리니

목 놓아 불러보는 사모곡을
애틋하고 애잔하게 불러봐도

막혀버린 귀를 닫으며
겨우 시궁창에 빠졌다

굳게 다문 입술을 열어
개똥밭에나 뒹군다 하네요

고성

담장 높은 집
흉물로 덩그러니

음습한 그림자
햇살 사라진지 오래
음산한 삶 눅눅한 얼굴
검은 땅이 흔들린다

여우는
제아무리 친절해도
짐승일 뿐이듯

삯꾼은
삯이 필요 없다지만
남을 해치려는 낯빛이 있고
진정성 없는 검은 입술
가식의 미소에
사악한 이빨을 보인다

흉측스러운 집 앞에
한 가지 소망을 가지고
사랑을 찾는다는 낭랑함
원수는 나오라며 두드리나

지탱할 수 없는 처절한 몸
헤어나기 힘든 가족을 위해
늑대는 양이 될 수 없다며
양의 탈을 벗으라고 하고

열리지 않는 썩은 문
어둠 깔린 원수 집엔
무너짐을 아는 죽음이
힘 겨루며 고성만 질러댄다

눕다

열정을 뽐내던 나뭇잎이
하나, 둘 흙 위로 눕는다

떨어진 낙엽이
작은 무덤이 되어버리고
벌레는 실타래를 감으며
좁은 공간에 열정을 채운다

태양을 삼키는 저녁
하늘은 처연하게 빛을 낸다
청춘의 색은 푸르른데
어스름하게 어둑어둑해지는
황혼은 노을처럼 붉다

비애의 뼈들이 우지직거리니
자리를 찾아 앉는다

무덤에서 일어나듯
몸은 답답함을 동여매고
어둠이 하늘을 가리지만
드리우는 세렴의 빛
홀연히 나타나니
바람이 분다

다시 눕는다

모두가
떠나가고 없다
비우고 또 버리고
눈물도 마르기를 반복하며
내려놓는 텅 빈 마음

비우니 소유하는 것일까
평안이 가득 채워진다

가을 끝자락

잘 개켜진 이불처럼
엉클어진 실타래처럼
그럭저럭 살아온
이런저런 날들이

때로는 작게
때로는 큰 형상을 만들며
떨어지는 낙엽 사이로 숨는다

낙엽을 밟으니
가랑잎 속에서 떠오르는
뽀얀 옛 빛깔들이
풀방석 위에서 뒹구는데

하나, 둘 떨어지는 잎
낙엽은 또 하나의
사연을 쌓는다

잎이 떨어진다
또 하나의 추억이
옷자락에 스친다

가을의 끝자락
인생의 끝 날이 오기 전에
무엇을 준비해야 하는가

지금의 햇살을 사랑하듯
내일을 기다리며
아픔도 참아내야겠지
슬픔도 감사해야겠지

살아가는 수고에 잘했다
칭찬해야겠지

페스트

거짓으로 시작하고
보이지 않던 썩은 일들을
작은 입으로 말하려 하나
믿어 주는 이 없어 통분하고
피 끓는 외침에 울다 쓰러졌다지요

반사회적 집단 드러나는 꼼수
꿈에도 몰랐다며 굴복한다 하나
꾀에 넘어가지마라 발만 동동
그나마 흉악범죄 드러났다지요

페스트는 공포와 불안한 존재로
듣고 보기가 딱 합니다
하지만 아무리 외쳐도 모르던
음흉한 반사회적 집단 판단이
페스트로 인해 심판되었다 하니

페스트는 너무도 큰 입을
가졌다 한다지요

빗장 열고

우두커니 서서
세상사 싫고 싫다
떠나고 싶걸랑 멀리 가라며
홀로 오르는 언덕의 바람처럼
묵묵히 지나가는 적막한 사연

거울 앞을 떠난 너는
꾸미지 않고 숨어 버리고
숨쉬기도 힘든 삶의 공간
허름한 골방 문고리 잠그고
투박한 가위를 들어 툭툭
머리카락 잘라 내는구나

비뚤비뚤 머리카락
보잘것없는 몸뚱어리지만
걸어 잠근 빗장 열고
거울을 닦고 보시게
성전의 망대처럼 빛나고
개성으로 폼나는 너를

꽃씨

어설픈 이름
신작로처럼 길게 불러주니
긴 시간에야 건네받은 호적등본
이름 위에 두 줄 붉게 번졌다

낡은 사진 속에 피어있는
낯선 모습과 붉을 듯 꽃송이
모진 병마와 싸우다
가셔야 했을

고왔을 젊은 미망인
먼저 떠나가신 남편 따라
어린 딸 위로하며
해진 옷자락에
꽃씨 하나 품은 밤

가야만 하는 야속함에
밤은 소리 없이 울고
눈물로 틔운 꽃씨
가슴에 피고 지니
모진 고통에 흙이 되어
무덤이 되었나보다

싱싱한 풀빛과 같은 하늘
황혼으로 어엿이 서니

바람에 흔들리며
붉은 꽃 되어
뿌리 내린
어머니를 닮은 기도

거기가 어디요

어디로 가오?

내가 파놓은 땅이 있소
가족들도 모르지

어떻게 파셨소?

먼저 배운 자가
도구 쓰는 법을 가르쳤소

발걸음이 가볍소!

얼마 안 남은 시간이라
늙고 병들어도 참고 가오

거기가 어디요?

만국을 주겠다는 탐욕
짝퉁을 만들어 파는 곳이요

길을 준비하라

세월 따라가면서
길을 간다는 이유가
잘 사는 것만이 정답인 줄
그냥 원하는 대로
원망의 만나를 먹으면서도
고집의 메추라기 잡고 족하다는 걸

하지만 보다 많은 실패
비킬 수 없어 주저앉을 때
길에서 길을 준비하라
저 멀리 귓전에 들려오니
길 위에 허우적대는
감긴 눈임을 알아

복된 소리에 뒤돌아
어둠 사라지는 빛의 소리
고난의 힘든 상황 지나쳐
삶의 이야기 그 길에서 외치니
임 가시면서 가르치신 길 위의 소리
길을 준비하라

서둘러

창틀에 바람 불 때
행여나 임이 올까나
까치발로 서서
기린처럼 길게 뺀 목은
아련히 떠오르는
창백한 언덕을 넘는다

혹여나 숨어 있으려나
바위 뒤로 살며시
숲속을 달리고
솔깃한 귀는
쪼그려 앉아 세운다

사랑아
물 건너고 고개 넘걸랑
힘들면 쉬었다가
서둘러 오너라
당당한 걸음 망설임 없이
열린 빗장 밀고 오너라

벗겨진 탈

긴 길 따라 철문 앞에 도착하여
골판지 깔고 앉아 안부를 묻는다
이미 도착한 소박데기 꼴을 한 어미
무거운 팔로 얼싸안아 토닥토닥

돌고 돌며 안부 인사라도 하여
우리네 평안 누구에게라도
이미 굳어버린 허물
가벼운 주먹으로 툭툭

꿈이 현실이 되어 온다는 놈
사회에 있어서는 안 될 암초
이미 죽어버린 생명체 속여
어떤 밉상으로 변장하려나

거짓의 가면 쓰고 농락하고
꼬리 감추어도 생쥐는 들짐승
순진한 양의 탈 못 벗겠다고
안간힘 쓰며 써도 이리는 이리

꽃이 붉기에 사랑한다

자유를 안다며
지나친 성인 의식 치르고
어설픈 길 떠나니

돌아오기만 기다리다가
고통을 감내며 몸을 세우는
해진 골목의 허름한 아비

혹한 그리움의 울림이
속내 깊이 전달되어
비애의 노래 부르니
녹아내리는 간절함이 시리다

눈물 글썽이며 자리 뜨려니
홍조로 피어있는 길섶의 꽃
처연하게 웃는 모습 애잔해
하늘도 슬프다

붉게 물들지 마라
붉어지면 그리움도 짙어지니
잘 살아라 잘 살아내야지
기도로 향기 내고

또, 하나
포기할 수 없는
희망의 계단을 채우며
가슴 아리도록 흐르는
그리움을 품은 아비는
꽃이 붉기도 하구나
기다려야지

꽃이 붉기에 더욱 사랑한다

먼지

바람이 분다

기우뚱거리고
휘청거리며 걷는다

갈 바를 알 수 없어
어디로 가는지 모르지만
바람이 멈추는 곳에 앉는다

부패한 악취 마시고
휘청거리다 넘어지며
상처 입은 마음 움켜잡고
추잡스러움 한 무더기 먹는다

바람이 분다
어디든 가야 하는 것
담을 넘는 담쟁이에게
디딤이 되기도 하고
꽃씨 틔울 때까지 품기도 한다

약하고 추한
먼지와도 같은 나는
위대한 분의 몸에서
떨어진 분신이니

위대한 그분의 지시대로
걷고 뛰다가 앉으며
척박한 땅일지라도

어디에나
꽃을 피우기 위해
언제든지 길 위에 떠다닌다

무게

산의 등줄기 따라
돌고 도는 봄바람은
비워버려도 무겁다며
다시 마음을 세우고
일어나라 한다

풀잎은 태양을 핥으며
밟힐까 다칠까 긴장하며
한발 한발 옮기는 무게를
빈 의자에 내려놓으라 하고

봄의 찬란함은
바람이 지나가도록
산골짜기 길을 만들고
바람결 슬며시 위로를 하나

초록이 있기에 빨강이 예쁘다

겨우내 울어 대던
삶의 무게는
거친 나뭇가지처럼
말라버렸다며

새롭게 일어서야 하는
무거운 발등 위로
햇빛만이 종일 내려앉으니

수풀처럼 무거운 마음
따스한 온기로
향기로운 꽃 되어
피어오르려나

뜯기다

까마귀에게 뜯기듯
하나씩 잊어버리는 어미 새

출산 고통 잊고
다자녀 낳으시며
가난한 형편 일으키시고
좌절하는 날개마다
소망의 날갯짓 날게 하셨으나
나날이 까맣게 뜯기는 흔적들

일구어 내신 살림 어찌하고
연약한 늪에 몸을 맡기며
처연하게 망가져 가는 모습
어머니 가지 마오, 가지 마세요
사랑하시던 나를 보시구려

감각도 사라진 어미 새가
앙상한 다리로 버티며
추억의 편린까지 뜯기고 있다

바람의 꽃

계단 틈새에 피어난
민들레꽃

작은 몸으로
바람을 가르며
위험하기도 하련만
한들거리며 자리를 지킨다

고난의 힘겨운 길 위에
끼어있는 작은 돌멩이
부서져야 할 상처들이지만
깨지지 않고
단절의 틈을 벌리고 있다

작은 틈새에 피어나는 꽃 보며
아픈 마음 잠시 잊으려 하니
하늘의 바람도 아는 양
구름 틈새로 피어나는
바람의 꽃

나로 춤추게 하소서

아버지의 원수들이
내 집 우물을 덮었사오니
아버지 집에 머물러 살며
마르지 않는 영원한 물로
나로 마시게 하소서

아버지를 욕하는 원수들이
나의 발등을 찧사오니
아버지의 반석 위에
쓰러지지 않는 생명으로
영원히 살게 하소서

그리운 아버지의 집
본토로 가는 길이오니
축복의 길 멀고 험준해도
내 아버지 발에 맞추어
나로 춤추게 하소서

초록이 있기에 빨강이 예쁘다

수렁에서 구하는 외침 ─────────

초록이 있어 빨강이 예쁘다

───────────────────────────

2024년 4월 29일 인쇄
2024년 5월 6일 발행

지은이 / 박 희 재
펴낸곳 / ㈜대한출판
등 록 / 2007년 6월 15일 제3호
주 소 / 충북 청주시 청원구 북이면 내수로 796-68
전 화 / TEL. 043) 213-6761 / FAX. 043) 213-6764

ISBN : 979-11-5819-099-6
값 : 10000 원

◈ 이 책은 대한기독문인회 빛누리출판 사업으로
㈜대한출판의 지원을 받아 발간하였습니다.
● 잘못된 책은 바꿔드립니다.
● 이 책의 전부 또는 일부 내용을 재사용하려면 사전에
저작권자와 ㈜대한출판의 동의를 받아야 합니다.